HOWL

吠える

その他の詩

アレン・ギンズバーグ

柴田元幸 訳

AND OTHER POEMS

スイッチ・パブリッシング

吠える　その他の詩

アレン・ギンズバーグ

HOWL AND OTHER POEMS

Design by Michiyo Miyako

「ネジ回しで　ドアから錠を外せ！
ネジ回しで　ドア自体を枠から外せ！」

この本を　以下の人たちに捧げる

ジャック・ケルアック、アメリカ文学の新たなブッダ、その叡智を吐き出した十一冊の本を半分の年（一九五一―一九五六）で世に送り出し――『オン・ザ・ロード』、『ビジョンズ・オブ・ニール』、『ドクター・サックス』、『スプリングタイム・メアリ』、『地下街の人びと』、『サンフランシスコ・ブルース』、『サム・オブ・ザ・ダルマ』、『ブック・オブ・ドリームズ』、『ウェイク・アップ』、『メキシコシティ・ブルース』、『ビジョンズ・オブ・ジェラード』――何ものにも囚われないバップ文章術を編み出し独創的古典文学を作った。この本のなかのいくつかのフレーズと、タイトルは彼からもらっている。

ウィリアム・スーアード・バロウズ、すべての人を狂気に追い込むであろう果てしない小説『裸のランチ』の著者。

ニール・キャサディ、ブッダの目を啓《ひら》いた自伝『ザ・ファースト・サード』（一九四九）の著者。

これらの本はみな天国で刊行される。

目次

『吠える』について

　彼がもっと若く、私ももっと若かったとき、私はアレン・ギンズバーグを知っていた。ニュージャージー州パターソンに住むこの若い詩人は、有名な詩人の息子としてこの地で生まれ育ったのだった。体付きは華奢で、精神的にも、第一次世界大戦直後の年月にニューヨーク・シティ内外で遭遇した人生によって不安に陥っていた。彼は年じゅうどこかへ「旅立つ」直前だった。どこへ行くかは問題でないようだった。彼を見ていると私は不安になった。よもや彼が無事大人になって詩集を出すようになるとは思わなかった。彼が生きのび、旅をし、書きつづける力は私を驚かせる。己の芸術をいまだ発展させ、完璧にしていることは私から見て奇跡以外の何ものでもない。

　そしていま、十五年か二十年が過ぎて、彼はとてつもない詩を携えて現われた。あらゆる形跡から見て、彼は文字どおり地獄をくぐり抜けてきた。途上でカール・ソロモンなる男に出会い、この世の汚穢《おわい》にまみれながら、何かを、彼が使った言葉でしか言い表わしようのない何かを二人で共有した。それは敗北の吠え声だ。でも敗北では全然ない、なぜなら彼は敗北を、あたかもそれが普通の体験、些細な経験であるかのようにくぐり抜けてきたからだ。この人生にあっては誰もが打ち負かされる、だが人間は、本当に人間なら、打ち負かされない。

以下のページで語られる恐ろしい経験を自らの体で生きたのは、詩人アレン・ギンズバーグその人である。驚くべきは、彼が生きのびたことではなく、彼がその深い谷底で愛する仲間を見つけてきたことだ。その愛を彼はこれらの詩で、目をそらすことなく謳い上げる。彼は私たちに証明してみせる。人は何とでも言うがいい、人生はどうしようもなくひどい体験をもたらすけれど、それでもなお、愛の精神は生きのびて僕たちの生を気高くしてくれるのだ、もし僕たちに機知と、勇気と、信念と、そして芸術！があって耐え抜くことができるなら。

詩という芸術への信頼こそが、彼自身のゴルゴタへと向かう旅にあってこの男と手に手を取っていた。先の戦争でユダヤ人たちが入れられたそれとあらゆる面で類似した死体安置所からこの男は出発した。けれどこれはこの私たちの国でのこと、私たちがこの上なく愛する場でのことだ。私たちは盲目であり、盲目のなかで盲目の生を生きている。詩人は呪われてはいるが盲目ではない。彼らは天使の目で見る。己の詩のきわめて個人的な細部を通して、自らも参加している恐怖の向こうを、その周りをこの詩人は見通す。何ひとつ避けずに、すべてを徹底的に経験する。彼はそれを囲い込む。その所有権を主張し、そしてどうやら、それを笑いとばし、自ら選んだ仲間を愛し、その愛をよく出来た詩のなかで記録するだけの時間と図々しさもあるらしい。

ガウンの裾を押さえなさい、ご婦人方、私たちはこれから地獄を通り抜けるのです。

ウィリアム・カーロス・ウィリアムズ

吠える

——カール・ソロモンに

I

ぼくは見た　ぼくの世代の最良の精神たちが　狂気に破壊されたのを　飢えてヒステ
リーで裸で、
わが身を引きずり　ニグロの街並を夜明けに抜けて　怒りの麻薬を探し、
天使の頭をしたヒップスターたちが　夜の機械のなか　星のダイナモへの　いにしえ

　の天なる繋がりに焦がれ、
貧乏で襤褸《ぼろ》でうつろな目でハイで　水しか出ないアパートの超自然の闇で　煙を喫って夜を過ごし　都市のてっぺんをふわふわ越えながらジャズを想い、
高架の下で脳味噌を天にさらし　モハメッドの天使たちがよろよろ　光を浴びた長屋の屋上を歩くのを見て、
輝くクールな目で　方々の大学を通り抜け　戦争学者たちのただなか　アーカンソーと　ブレイクの光の悲劇を幻視し、
狂気ゆえ　そして　頭蓋骨の窓に卑猥な詩《うた》を出版したゆえに　学界からも追放されて、
ひげも剃っていない部屋に　下着姿で縮こまり　屑カゴで金《かね》を燃やし　壁ごしに**恐怖**に聴き入り、
陰毛のあごひげ姿で　ラレード経由　ニューヨークへの土産のマリワナを腰に巻いて帰ってきたところを逮捕され、
ペンキホテルで火を食うか　パラダイスアレーでテレビン油を飲むかして　死か　夜ごとおのれの胴を煉獄へ追いやるかし

夢で　ドラッグで　目覚めた悪夢で　アルコールとペニスと無限の睾丸で、
身震いする雲と　精神のなかの稲妻の　比類なき盲目の街　カナダとパターソンの両
極へ跳躍し　その中間の**時間**の　動きなき世界を隅々まで照らし出し、
ペヨーテの詰まった廊下　裏庭の緑の木の墓地の夜明け　屋上の上のワインの酔い
マリワナでトリップし商店街ネオンが信号を点滅させ　ブルックリンの咆哮する冬
のたそがれに太陽と月と木のバイブレーション　ゴミバケツわめく声　と　精神の
優しい王の光、
鎖で身を地下鉄に縛りつけ　ベンゼドリンで　バタリーから聖なるブロンクスまで果
てしなく乗り　やがて　車輪と子供たちの騒音に　ぶるぶる震えて降り　口は痛み
寒々と打ちのめされた脳は　動物園の侘しい光のなか　いっさいの輝きを奪われ、
一晩じゅうビックフォードの水面下の灯りに沈み　浮かび上がって　荒涼たるフガー
ツィで気の抜けたビールの午後をやり過ごしながら　水素ジュークボックスで運命
のひび割れを聴き、
七十時間ぶっ続けで喋って　公園からアパートへ酒場へ精神病院《ベルビュー》へ美術館へブルック

リン・ブリッジへ、

プラトニックな会話者たちの失われた部隊が　玄関前を飛び降りる　非常階段から窓台から　月から出てきたエンパイアステートから、

わめき散らし金切り声を上げ嘔吐し囁く　事実と記憶と逸話と目玉蹴りを　病院と監獄と戦争のショックを、

すべてを思い出して　知性まるごと　輝く瞳とともに七日七晩吐き出され　歩道に捨てられユダヤ集会堂の糧《かて》となり、

どこでもない禅ニュージャージーに消え　アトランティックシティ庁舎の曖昧な絵はがきの跡を残し、

東洋の汗とタンジールの骨挽《ほねび》きと中国の偏頭痛を　ニューアークの寒々しい安アパートでヘロイン引きこもりのさなかに患い、

真夜中の操車場をぐるぐるさまよって　どこへ行こうか思案し　いかなる傷心も残さずに行き、

有蓋車有蓋車有蓋車のなか　煙草に火を点けて　ガタゴト雪野原を抜け　祖父の夜《よ》の

さみしい農場へ向かい、
プロティノス　ポー　十字架のヨハネ　テレパシー　バップ　カバラを学んだ　宇宙が本能
的に　カンザスで　彼らの足下で振動したから、
アイダホの街なかを一人歩んで　幻影のインディアン天使たる　幻影のインディアン
天使を探し求め、
ボルチモアが超自然の恍惚にきらめいても　自分が狂っているのだとしか思わず、
冬の真夜中街灯田舎町の雨の衝動に　**オクラホマの中国人**とともにリムジンに飛び乗
り、
腹をすかして寂しくヒューストンをさまよい　ジャズセックススープを求め　アメリ
カと永遠とをめぐって会話しようと鋭敏なるスペイン人を追ったが　それも望みな
き企てで　ゆえにアフリカ行きの船に乗り、
メキシコの活火山に消え　ダンガリーの影と　暖炉のシカゴにまき散らした詩の溶岩
と灰しか残さず、
西海岸にふたたび現われて　ＦＢＩを調査し　あごひげにショートパンツで　大きな

平和主義者の瞳　黒い肌がセクシーで　訳のわからない冊子を配り、
煙草の火で腕に穴を開け　資本主義麻薬性煙草の靄に抗議し、
ユニオンスクエアで超共産主義パンフレットを配付して　しくしく泣いて服を脱ぎ
ロスアラモスのサイレンのむせびにかき消され　ウォール街もむせび消され　スタテン島フェリーもむせび、
白い体育館で泣いて錯乱し　ほかの骸骨たちの機械を前に　裸で　震え、
探偵の首に噛みつき　パトカーのなかで　己のワイルドな料理 男色 酩酊以外何の罪も犯していないことに歓喜の叫びを上げ、
地下鉄でひざまずいて吠え　性器と原稿を振り回して屋上から引きずり下ろされ、
聖者のごときモーターサイクリストたちが尻にファックするのを許し　喜びの悲鳴を発して、
あの人間の熾天使《してんし》　船乗りたちを吹き　吹かれ　大西洋とカリブの愛撫、
朝に夕に性交し　バラ園で公園の芝生で墓地で　来る人誰にでも惜しげなくザーメンをふりまき、

クスクス笑おうとはてしなくしゃっくりをくり返したが　結局トルコ風呂の仕切りの陰ですすり泣いていると　金髪で裸の天使が剣を貫きに来て、
愛の少年たちを　運命の三老婆に奪われ　ひとりは両性愛のドルの片目の女　ひとりは子宮からウインクを送ってよこす片目の女　ひとりはただ座って職人の機織りの知性の金糸《きんし》をぷつぷつ切るばかりの片目の女で、
ビール壜　恋人　煙草の箱　蠟燭で　恍惚かつ貪欲に交接し　ベッドから落ちて　床でも続け廊下でも続け　やがて究極のおまんことオーガズムの幻を得て壁で失神し　意識の最後の精液を回避し、
夕陽に震える百万の女の子たちのあそこを甘くし　朝には目が充血していたが　日の出のあそこを甘くする態勢はできていて　納屋の下で尻をさらし　湖では裸で、
無数の夜の盗難車で　コロラドへ娼婦漁りに行った　NC　これらの詩の秘密のヒーロー　絶倫男　デンヴァーのアドニス　栄えあれ　かれが無数の女の子と寝た記憶に空き地で　食堂の裏庭で　映画館のガタガタの椅子で　山頂で洞窟で　痩せこけたウェートレスと見慣れた道端でさみしいペチコートを持ち上げて　なかんずく　秘密の

ガソリンスタンドのトイレの唯我　と　地元の町の裏通り、
巨大な薄汚れた映画のなかでフェイドアウトし　夢のなかで移動され　突然のマンハ
ッタンで目覚めて　無情なトカイワインの地下室の二日酔いと　三番街の鉄の夢の
恐怖から身を起こし　よたよたと職業斡旋所に向かい、
靴を血で一杯にして一晩じゅう　雪の吹きだまりのドックを歩いて　イーストリバー
の　とあるドアが開いて蒸気の熱と阿片に満ちた部屋が現われるのを待ち、
アパートの　ハドソン川の切り立った土手で　大いなる自殺劇を創り上げ　月の　戦
時の青い投光照明に照らされて　忘却のなか頭には月桂樹の冠を授けられるだろう、
想像力のラムシチューを食べ　あるいは　バワリーの川の泥底で蟹を消化し、
街角のロマンスにすすり泣き　手押し車に玉ネギと悪い音楽がどっさり載って、
橋の下の闇で息をしながら箱のなかに座り　立ち上がって屋根裏でハープシコードを
作り、
ハーレムの六階で咳き込み　結核の空の下で炎の冠をかぶり　神学のミカン箱に囲ま
れて、

気高い呪文を唱え　揺られ転がりながら一晩じゅう書き綴り、黄色い朝に見るとそれ
　は初めから終わりまで訳のわからないたわごとで、
腐った動物 肺 心臓 足 尻尾をボルシチ トルティーヤに料理し　汚《けが》れない植物の王国
　を夢見て、
卵を探して肉配達トラックの下に飛び込み、
時を超えた永遠に一票を投ずべく　屋根から腕時計を投げ捨て　目覚まし時計がその
　後十年毎日　頭に落ちてきて、
三回続けてリストカットに失敗し　仕方なく骨董店を開くことを強いられ　ここで老
　いていくのだと思って泣き、
マディソン・アベニューで無垢なフランネルのスーツ姿で生きたまま焼かれ　鉛の詩
　文の砲撃 流行の鉄の連隊のカタカタ満タンの喧噪 広告の妖精たちのニトログリセ
　リンの悲鳴 悪意ある知的な編集者たちのマスタードガスに埋もれて　あるいは
　酔った絶対現実タクシーに轢かれて、
ブルックリン・ブリッジから飛び降りた　これは現実にあったことだ　そして知られ

ず忘れられて歩き去った　チャイナタウンのスープ　路地　消防自動車の幽霊のごと
き眩惑のなかへ　一本の無料ビールもなしに、
絶望に包まれ窓辺から歌い　地下鉄の窓から落ち　不潔きわまるパセイック川に飛び
込み　ニグロに飛びかかり　街角一帯で泣き　割れたワイングラスの上で裸足で踊
り　ノスタルジックなヨーロッパ一九三〇年代のドイツジャズのレコードを叩き割
りウィスキーを飲み干し唸《うな》りを発して血まみれのトイレに吐き　耳のなかの呻《うめ》き
巨大な汽笛の轟き、
過去というハイウェイを疾走し　たがいのホットロッドのゴルゴタ　監獄の孤独の見
張りへ　あるいはバーミングハムのジャズの化身へ旅して、
七十二時間車を走らせ国を横断した　ぼくにヴィジョンがあるか　きみにヴィジョン
があるか　かれにヴィジョンがあるかと　永遠を知るヴィジョンが、
デンヴァーへ旅し　デンヴァーで死んで　デンヴァーに戻ってきて空しく待ち　デン
ヴァーを見張り　くよくよ考え　デンヴァーで一人過ごし　とうとう**時**を探しに
去り　そしていまデンヴァーはヒーローたちがいなくなってさみしく、

望みなき大聖堂でひざまずき　たがいの救済と　光と　胸を願って祈り　やがて魂が
　その髪を一瞬照らし、
獄中の精神に突入し　黄金の頭を持ち 心に現実の魅惑を持つ アルカトラスに向けて
　優しいブルースを歌うありえない犯罪者を待ち、
習慣を育もうとメキシコに退き　あるいは仏陀を慈しもうとロッキーマウントに退き
あるいはタンジールの若い男たちの許に あるいはサザンパシフィックの黒い機関
車に　ハーバードのナルキッソスに ウッドローンのヒナギクの花輪もしくは墓に、
精神鑑定を要求し　ラジオの催眠術を非難し　狂気と両手と不一致陪審とともに残さ
れ、
ニューヨーク市大のダダイズム講演者にポテトサラダを投げ　その後　精神病院の大
理石の階段に　剃った頭と　道化の自殺演説を携えて登場し　即座のロボトミーを
要求し、
代わりに　インスリンとメトラゾールと電気と水療法と精神療法と作業療法と卓球と
記憶喪失から成るコンクリートの空虚を与えられ、

糞真面目に抗議して　象徴的卓球台をひとつだけひっくり返し　しばし緊張病で休息し、
何年もあとに　血と涙と指のかつら以外はすっかり禿げて　東部の狂気町の病棟の目に見える狂人の宿命に戻ってきて、
ピルグリムステート病院 ロックランド病院 グレーストーン病院の 悪臭漂う廊下　魂のこだまを伴う言い争い　真夜中の一人用ベンチの 愛の巨石墓《ドルメン》領域で揺れ 転がり生の夢は悪夢　肉体は月みたいに重い石に変わり、
母親がとうとう＊＊＊＊され　最後の幻想の書が長屋の窓から投げ捨てられ　最後のドアが午前四時に閉じ　最後の電話が返答として壁に叩きつけられ　最後の安アパートの部屋から精神の家具最後の一個まで撤去され　黄色い紙のバラがクローゼットの針金ハンガーによじられ　それさえも想像で　願望の幻覚のかけらでしかなく
――
ああカール　きみが安全でないかぎりぼくも安全ではない　きみがほんとうに　時の完全な動物スープに浸かっているいま――

そして　したがって　凍てつく街並を駆け抜けた　省略法 カタログ技法 可変韻律 揺
　らめく平面の錬金術の　突然のひらめきに取り憑かれて、
並置したイメージを通し　**時間**と**空間**にすきまを夢見て　それに肉体を与え　魂の大
天使を　2つの視覚イメージのあいだに閉じ込め　根本的動詞を結合し　意識の名
詞とダッシュを合体させて　**全能デ永遠ノ父ナル神**の感触に跳ね上がり
人間の哀れな文章の構文と韻律を作り直して　あなたの前に言葉なく 賢明に 恥に震
えて立とうとし　退けられても　魂を告白し　その裸で無限の頭のなかの思いのリ
ズムに合わせようとし、
狂人 浮浪者 天使が時のリズムを打つ　人知れず　が　いずれ来る死のあとに　いつ
　か言われるかもしれぬことをここに書きとめ、
そして立ち上がった　ジャズの幽霊のごとき衣にくるまれてよみがえり　バンドの金
管の陰に包まれ　アメリカの裸の精神の苦しみを吹く　愛のために　神よ神よなぜ
なぜ私を見捨てたのですかへ入っていく　サキソフォンが叫び　国じゅうの都市を
最後のひとつのラジオまで震えさせ

命の詩の　絶対の心が　彼ら自らの体から叩き出され　あと千年は食べられる。

II

いかなるセメントとアルミニウムのスフィンクスが　かれらの頭蓋骨を叩き割り　脳味噌と想像力を食らいつくしたのか？

モレク！　孤独！　汚穢！　醜悪！　ゴミバケツと手の届かぬドル！　階段の下で悲鳴を上げる子供たち！　軍隊ですすり泣く若者たち！　公園でさめざめと涙する老人たち！

モレク！　モレク！　モレクの悪夢！　愛なき者モレク！　精神のモレク！　人を重く裁く者モレク！

不可解な牢獄モレク！　骨十字の魂なき監獄にして悲しみの議会モレク！　その建物が審判であるところのモレク！　戦争の巨大な石モレク！　茫然自失の政府モレ

ク！

精神が純粋な機械たるモレク！　血は流れる金《かね》たるモレク！　指が十の軍隊たるモレク！　乳房が食人の発電機たるモレク！　耳が煙を上げる墓たるモレク！

目が千の盲目の窓のモレク！　摩天楼が長い街路に　はてしなく並ぶエホバのように立つモレク！　工場が霧のなか夢見て呻くモレク！　煙突とアンテナが都市の冠をなすモレク！

愛がはてしない油と石であるモレク！　魂が電気と銀行であるモレク！　貧困が天才の亡霊であるモレク！　運命がセックスなき水素の雲であるモレク！　その名が**精神**であるモレク！

ぼくがそのなかにさみしく座るモレク！　ぼくがそのなかに**天使たち**を夢見るモレク！　モレクのなかの狂い！　モレクのなかのコックサッカー！　モレクのなかの愛なしと男なし！

早くからぼくの魂に入ってきたモレク！　ぼくがそのなかで身体なき意識であるモレク！　ぼくを怯えさせ自然の恍惚から追い出したモレク！　ぼくは捨てる　モレク

を！　モレクのなかで目覚めよ！　空から流れ出る光！

モレク！　モレク！　ロボットのアパート！　見えない郊外！　骸骨の宝！　盲目の首都！　悪魔の産業！　幽霊の国家！　無敵の精神病院！　花崗岩のペニス！　怪物の爆弾！

モレクを天に持ち上げようとしてかれらは背骨を傷めた！　舗道 木々 ラジオ 何トンも！　都市を天に持ち上げる　天は存在する　ぼくたちの周り至るところにある！

啓示！　前兆！　幻覚！　奇跡！　恍惚！　すべてアメリカの川に流された！

夢！　崇拝！　光明！　宗教！　繊細なるたわごとまるごと！

飛躍！　川向こうに！　宙返りと磔《はりつけ》！　洪水に流された！　絶頂！　顕現！　絶望！　十年にわたる動物の悲鳴と自殺！　精神！　新しい愛！　狂った世代！　**時**の岩に流された！

川のなかの本物の聖なる笑い！　かれらはすべてを見た！　狂おしい目！　聖なるわめき！　かれらは別れを告げた！　屋上から飛び降りた！　孤独に向かって！　手を振りながら！　花を持って！　川へ落ちた！　街路に！

III

カール・ソロモン！　ぼくはあなたとロックランドにいます
あなたはそこで　ぼくより狂っている
ぼくはあなたとロックランドにいます
あなたはそこで　すごく変な気持ちでいることでしょう
ぼくはあなたとロックランドにいます
あなたはそこで　ぼくの母の影をまねる
ぼくはあなたとロックランドにいます
あなたはそこで　あなたの十二人の秘書を殺した
ぼくはあなたとロックランドにいます
あなたはそこで　この見えないユーモアに笑う

ぼくはあなたとロックランドにいます
　ぼくたちはそこで　同じ最悪のタイプライターを使う偉大な書き手
ぼくはあなたとロックランドにいます
　あなたの具合はそこで悪くなり　ラジオでも報道される
ぼくはあなたとロックランドにいます
　頭蓋骨の能力はそこで　もはや五感の蛆虫《うじむし》を認めない
ぼくはあなたとロックランドにいます
　あなたはそこで　ウティカのオールドミスたちの乳房の紅茶を飲む
ぼくはあなたとロックランドにいます
　あなたはそこで　あなたの看護師たち　ブロンクスの怪女たちの体で駄洒落を言う
ぼくはあなたとロックランドにいます
　あなたはそこで　拘束衣を着て叫ぶ　現実の深淵卓球に敗北しつつあると
ぼくはあなたとロックランドにいます
　あなたはそこで　緊張病のピアノを叩く　魂は無垢で不死だ　絶対に　武装した精

神病院で無残に死んだりすべきでない
ぼくはあなたとロックランドにいます
そこでさらに五十のショックによって　あなたの魂は二度と肉体に帰れなくなる
空虚のなかの十字架への巡礼から
ぼくはあなたとロックランドにいます
あなたはそこで　医者たちの狂気を非難し　ファシスト国家主義ゴルゴタに抗して
ヘブライ社会主義革命を企む
ぼくはあなたとロックランドにいます
あなたはそこで　ロングアイランドの天を割き　生きた人間イエスを　超人の墓か
らよみがえらせる
ぼくはあなたとロックランドにいます
そこで　二五〇〇〇の狂った同志が一緒になって　インターナショナルの最後の一
節を歌う
ぼくはあなたとロックランドにいます

ぼくたちはそこで　シーツの下　合衆国をハグし　キスする　一晩じゅう咳をしてぼくたちを眠らせない合衆国を

ぼくはあなたとロックランドにいます

ぼくたちは電気ショックで昏睡状態から起こされる　ぼくたち自身の魂の飛行機が屋根の上で立てる轟音によって　飛行機は天使の爆弾を落としに来た　病院が自ら光を発する　想像の壁　崩れる　ああ痩せっぽちの軍勢が外を走る　ああ星条の慈悲なるショック 永遠の戦争がやって来た　ああ勝利よ きみの下着を忘れろ ぼくたちは自由だ

ぼくはあなたとロックランドにいます

ぼくの夢のなか　あなたは海の旅から帰ってぽたぽた水を垂らし　アメリカを横断するハイウェイを泣きながら歩いている　西部の夜の　ぼくのコテージの扉に向かって

サンフランシスコ　一九五五―一九五六

吠える 脚注

聖！　聖！　聖！　聖！　聖！　聖！　聖！　聖！　聖！　聖！　聖！　聖！　聖！
　聖！　聖！
世界は聖！　魂は聖！　肌は聖！　鼻は聖！　舌とちんぽこと手とケツの穴聖！
すべてのものは聖！　すべての人聖！　すべての場所は永遠！　すべての日は聖！
　すべての人天使！
浮浪者は熾天使《セラピム》に劣らず聖！　狂人はぼくの魂よきみに劣らず聖！
タイプライターは聖詩は聖声は聖聴く者たちは聖忘我《エクスタシー》は聖！
ピーター聖アレン聖ソロモン聖ルシアン聖ケルアック聖ハンキ聖バロウズ聖キャサデ
　ィ聖知られざるオカマ掘られたる苦悩せる乞食聖見るも恐ろしい人間天使聖！

精神病院にいるぼくの母さん聖！　カンザスの祖父ちゃんたちのちんぽこ聖！
うなるサキソフォン聖！　バップの黙示聖！　ジャズバンドマリワナヒップスタービ
ースとクスリとドラム聖！
摩天楼と舗道の孤独聖！　何百万人で埋まったカフェテリア聖！　街路の下の涙の神
秘な川聖！
孤高のジャガナート聖！　中流階級の巨大な仔羊聖！　反逆の狂える羊飼い聖！　ロ
サンゼルスがわかる奴は天使たち《ロス・アンヘレス》だ！
ニューヨーク聖サンフランシスコ聖ピオリアとシアトル聖パリ聖タンジール聖モスク
ワ聖イスタンブール聖！
永遠のなかの時間聖時間のなかの永遠聖空間のなかの時計聖四次元聖第五インターナ
ショナル聖モレクの天使聖！
海は聖砂漠は聖鉄道は聖機関車は聖啓示は聖幻覚は聖奇跡は聖目玉は聖深淵は聖！
赦しは聖！　憐れみ！　慈善！　信仰！　聖！　ぼくたちのもの！　体！　苦しみ！
寛大さ！

魂の超自然なる極上に明晰で知的な優しさは聖！

バークリー　一九五五年

カリフォルニアのスーパーマーケット

今夜ぼくはどんなにあなたを想っているかウォルト・ホイットマン、ぼくは裏道を木々の下、頭痛を抱え自意識を抱え　満月を見上げて歩いていた。

空腹の疲労に包まれ、ぼくはイメージを買いもとめようと、ネオンフルーツスーパーマーケットに入っていった、あなたの言葉の列挙を夢に見ながら！

何たる桃、何たる陰影！　家族全員何組も夜のショッピング！　夫たちで一杯の通路！　アボカドに囲まれた妻たち、トマトに埋もれた赤ん坊たち！——そしてあなた、ガルシア・ロルカ、西瓜のかたわらであなたは何をしていたのです？

ぼくはあなたを見た、ウォルト・ホイットマン、子供もいない、さみしい爺さんが冷蔵ケースの肉をつっつき　店員の若者たちを物欲しそうに見て。
若者一人ひとりにあなたが訊ねるのをぼくは聞いた——ポークチョップを殺したのは誰？　バナナの値段は？　きみはわたしの天使かい？
まばゆい缶詰の山から出たり入ったりしながら　ぼくはあなたのあとをつけた、想像のなかで　店が雇った探偵にあとをつけられながら。
ぼくたちは一緒に　開《ひら》けた廊下をのし歩いた、二人きりの空想のなかでアーティチョークを味見し、あらゆる冷凍の珍味を手に入れながら、一度もレジを通らずに。

ぼくたちはどこへ行くのですか、ウォルト・ホイットマン？　店はあと一時間で閉まります。あなたのあご髭は今夜どっちを指していますか？

(ぼくはあなたの本に触れスーパーマーケットでのぼくたちの放浪を夢に見て何だか馬鹿みたいな気分です。)

ぼくたちは一晩じゅう、人けのない街を歩くでしょうか？　木々が陰に陰を加え、家々の明かりも消えて、ぼくたちは二人ともさびしいことでしょう。

ぼくたちは失われた愛のアメリカを夢見ながらそぞろ歩くでしょうか、玄関先の青い自動車の前を過ぎ、静まりかえったぼくたちのコテージへ向かうでしょうか？

ああ、愛しい父よ、灰色の髭の人よ、さみしい　老いた　勇気を教えてくれる人よ、どんなアメリカがあなたにはあったのか、三途の川の渡し守が舟を漕ぐ手をとめて煙の立つ川べりにあなたが降り立ち　忘却の川の黒い水に舟が消えてゆくのを見送ったとき？

バークリー　一九五五年

オルガン曲を書き写す

前はキッチンにあったガラスのピーナツ瓶に挿した花　日に当たろうと身を曲げている

クローゼットのドアは開けられている　前にもぼくが使ったから　開いたままぼくを待っていてくれたのだ　持ち主たるぼくを。

ぼくは自分のみじめさを　床の板ベッドで感じはじめた　音楽を聴きながら　ぼくのみじめさを　だからぼくはうたいたいのだ。

部屋が閉まってぼくを包む、ぼくは創造主の現前を待ち構えた、灰色に塗った壁と天井が見えた、それらがぼくの部屋を囲んでいる、それらがぼくを囲んでいる

空が庭を囲んでいるように
ぼくはドアを開けた
蔓バラがコテージの柱をのぼっていき、葉は夜も　昼によって置かれた場にとどまって、花の動物みたいな頭も持ち上がったまま
日なたで考えようと

ぼくは言葉を連れ戻せるか？　書き写そうと思うことで　ぼくの精神の　開いた目は曇るか？

成長を優しく探る心　生きたいと雅やかに願う花々　それに囲まれて生きるぼくが感じる　忘我に近いもの
自分が生きていることを目のあたりにする特権――きみも太陽を探らないと……

目の前に　ぼくが使うよう積まれたぼくの本たち

ぼくが置いた空間で待っている、消えたりしていない、時は己の残余と特質を　ぼくが使えるよう残していってくれた——ぼくの言葉が積み上がっている、ぼくの文書が、原稿が、愛が。

ぼくは一瞬の明晰を得た、物たちの核心に感情を見た、泣きながら庭に出ていった。夜の光のなかで赤い花を見た、日は沈んだ、花たちはみな育った、一瞬のうちに、そして時のなかで止まって待っていた　昼の太陽が与えにきてくれるのを……日暮れ時に見る夢のなかのように　ぼくが忠実に水をやった花たち　かれらをどれだけ愛しているか自分でも知らずに。栄光に包まれたぼくは　とてもさみしい——まあでも花たちも外にいるのだけど——ぼくは顔を上げた——あの赤い花のかたまりが手招きし　窓から覗き込み　見境ない愛に包まれて待っている、葉もやはり希望を抱き　平たく空の方にめくれ上がって　受けとろうとしている——この世にあるものはすべて受けとるべくして在る——平たい大地そのものを。

音楽が下りてくる、重たい花の　背の高い折れ曲がった茎と同じに、下りてこないわけには行かないから　生きていくためには、喜びの最後の一滴まで続けるためには。

世界は己の胸にも花のなかにもある愛を知っている、苦しむ寂しい世界を。

父なる神は慈悲深い。


電球のソケットがぞんざいに天井に取り付けてある、家が建ったあとに　プラグを入れられるよう付けたのだ、プラグはしっかり収まって、いまはぼくの蓄音機を動かしてくれている……


クローゼットの扉がぼくのために開いている、ぼくが開けたままに、ぼくが開けたときからずっと、優しく開いたままでいてくれている。

キッチンには扉がない、ぼくがキッチンに入りたければ、そこの穴がぼくを入れてくれる。

はじめて人と寝たときのことを覚えている、ＨＰがぼくのサクランボを優しく摘んだ、ぼくはプロヴィンスタウンの桟橋にすわっていた、二十三歳、悦びに満ち、父なる神への希望に胸躍らせ、子宮への扉は　ぼくが入りたければ入れるよう開いていた。

ぼくの家には　必要となったら　使ってない電気プラグがそこらじゅうにある。
キッチンの窓は開いている、空気を入れるために……
電話は――語るも悲しいが――床に置いてある――接続する金がぼくにはない――

ぼくを見た人たちが一礼してほしい　あの人には詩の才があるよと言ってほしい、あの人は創造主の現前を見たんだよと。
そして創造主はぼくに　みずからの現前をちょっぴりくださり　ぼくの願いを満たしてくださった、創造主に焦がれる思いを　ぼくからだまし取らぬよう。

バークリー　一九五五年九月八日

ひまわりスートラ

ぼくはブリキ缶バナナ埠頭ぞいを歩き　サザンパシフィック鉄道機関車の巨大な日陰の下に腰かけた　箱形の家の丘の上に沈む夕陽を見て泣こうと。

ジャック・ケルアックがぼくと並んで　折れて錆びた鉄柱にすわり　仲間同士　同じ魂の思いを思った　うら寂しく青く悲しい目で　機械の木々の　節くれだった鋼鉄の根っこに囲まれて。

川の油っぽい水が赤い空を映し、陽はフリスコの最後の山並みに沈み、川に魚はいないし山に隠者はおらず、リウマチっぽい目で二日酔いのぼくたちが　老いぼれの浮浪者みたく川辺にいるだけだった　疲れて　ずる賢く。

ひまわりを見ろよ、とジャックは言った、空には死んだ灰色の影があった、人間みた

いに大きいのが　大昔のおがくずの山に　乾いて載って――
――ぼくは魅せられて飛んでいった――それはぼくのはじめてのひまわりだった　ブ
レイクの記憶――幻視――ハーレム
そして東部の川たちの地獄、橋がガタガタ鳴る　ジョーズ・グリージーサンドイッチ、
死んだ乳母車、溝もすり減り忘れられて溝を刻み直してもらえない黒いタイヤ、川
べりの詩、コンドームと鍋、スチールナイフ、全然ステンレスなんかじゃない、じ
めじめした泥と　刃物みたいに鋭い人工物が　過去へ流れていくだけ――
そして灰色のひまわりが　沈む陽を背にたたずみ、パリパリと　侘しく　目は古《いにしえ》の機
関車の煤とスモッグと煙にまみれて――
目も霞んだギザギザの花弁は押しつぶされ　ボコボコにされた王冠みたいに無残で、
顔からは種が落ち、陽のあたる空気からは　じきに歯もなくなる口が落ちて、もじ
ゃもじゃの頭に降った陽光は　乾いた針金の蜘蛛の巣みたいに抹殺され、
茎から腕のようにつき出す葉、おがくずの根から発せられるしぐさ、黒い枝から落ち
た漆喰のかけら、耳のなかの蝿の死骸、

聖ならざるボコボコの代物だったのだよ　きみは、ぼくのひまわりよ　おおぼくの魂、あのときぼくはきみを愛した！
垢も人間の垢なんかじゃなくて　死と人間機関車だった、
もろもろの埃の衣、黒ずんだ鉄道の肌のベール、頬のスモッグ、黒い悲惨の瞼、煤で汚れた　人工の　土より悪い　手だかファルスだか突起だか――工業の産物――現代の産物――文明すべてが　きみの狂える黄金の冠にしみをつける――そしてさまざまなものをめぐる　霞んだ思い――死、埃まみれの愛なき目と果てと地下のしなびた根　砂とおがくずの山に埋もれ、ゴムのドル札、機械の肌、すすり泣き咳き込む自動車のはらわた、からっぽのさみしい　錆びた舌のブリキ缶、ああまだ何を挙げられるだろう、何かのちんぽこ葉巻の喫われた灰、手押し車のおまんこ、自動車のミルク色の胸、椅子から外れたすり切れた尻、発電機の括約筋――これがみんな
きみのミイラ化した根っこに絡まっている――そしてきみはそこで　夕陽を浴びてぼくの前に立っている、その姿は栄光に包まれて！

ひまわりの完璧な美しさ！　完璧にして卓越なる愛らしいひまわり存在！　新しいヒップな月の　愛らしい自然な目、生き生きワクワクして目覚めて　日没の影のなか日の出の黄金の月々のそよ風をつかむ！

何匹の蠅がきみのまわりを　きみの汚れにも染まらずブンブン飛んだだろう、きみが鉄道と　きみ自身の花の魂との天国を呪っているあいだ？

あわれな枯れた花？　きみはいつ　自分が花であることを忘れたのか？　きみはいつ自分の肌を見て　おれはインポの汚ねえ老いぼれ機関車だと決めたのか？　機関車の亡霊だと？　かつてはたくましかった　狂ったアメリカの機関車の幽霊であると？

きみは機関車だったことなどないのだ、ひまわりよ、きみはひまわりだったのだ！

そしてきみ、機関車よ、きみはいまも機関車だ、我を忘るるなかれ！

こうしてぼくは　骸骨みたいな　太いひまわりをつかんで引っこ抜き　自分の脇腹に笏《しゃく》みたいに挿して、
そうして自分の魂に説教を聞かせる、ジャックの魂にも、聴いてくれる誰にでも、

——ぼくたちは　ぼくたちの垢の肌ではない、ぼくたちは　恐ろしい　荒涼たる　埃まみれの　イメージなき機関車ではない、ぼくたちはみな　中は　美しい黄金のひまわりだ、ぼくたちは　自分自身の種《たね》と　黄金の毛むくじゃらの裸の成就肉体に恵まれ　それが　夕陽を浴びた狂える黒い凜々しいひまわりに育って　ぼくたちの目がそれをこっそり眺めるのだ、狂った機関車　川辺　日没　フリスコ　丘多き　ブリキ缶　晩に腰かけた幻視の影の下で。

バークリー　一九五五年

アメリカ

アメリカ　君にすべてを与えてしまい　もういまのぼくはゼロ。
アメリカ　二ドル二十七セント　一九五六年一月十七日。
ぼくは自分の心に耐えられない。
アメリカ　いつぼくたちは人間の戦争を終わりにするのか？
アメリカ　お前の水素爆弾なんかクソ喰らえだ。
ぼくは気分がわるい　ぼくに構うな。
頭がまともになるまで　ぼくは詩も書かない。
アメリカ　いつ君は天使のごとくなるのか？
いつになったら服を脱ぐのか？

いつになったら墓を通して　自分を見るのか？
いつになったら　国じゅうの百万のトロツキストにふさわしい国になるのか？
アメリカ　なぜ君の図書館はどこも　涙に満ちているのか？
アメリカ　いつ君は君の卵をインドに送るのか？
君の狂った要求　ぼくはもううんざりだ。
いつになったらぼくは　スーパーマーケットに入って　必要なものを　ぼくの美貌で
　買えるようになるのか？
アメリカ　結局のところ　完全なのは君とぼくであって　来世ではないのだよ。
君の機械君のシステムは　ぼくにはあんまりだ。
君のせいで　ぼくは聖者になりたくなった。
この議論に決着をつけるには　何かほかのやり方があるはずだ。
バロウズはタンジールにいて　帰ってきそうにない　不吉だ。
君は不吉なことをたくらんでいるのか　それともこれって何かたちの悪い冗談か？
ぼくは　核心にたどり着こうとしている。

ぼくは　自分の妄執を手放すことを拒む。
アメリカ　押すな　ぼくは本気だぞ。
アメリカ　プラムの花は散りかけている。
ぼくはもう何か月も新聞を読んでいない　毎日誰かが殺人容疑で裁判にかけられている。
アメリカ　ぼくはかつての労働者組合にセンチメンタルな思いを抱いている。
アメリカ　ぼくは子供のころ共産主義者だった　後悔もしていない。
ぼくはチャンスあるごとに　マリワナを喫う。
ぼくは何日も家にこもって　クローゼットのなかのバラをぼんやり見ている。
チャイナタウンに行くと　ぼくは酔っ払い　セックスにありついたためしがない。
ぼくの決心は固まった　厄介なことになるぞ。
マルクスを読んでいるぼくを　君に見せてやりたかった。
精神分析医は　ぼくには何の問題もないと考えている。
ぼくは主の祈りを唱える気はない。

ぼくには神秘のビジョンと　宇宙のバイブレーションがある。
アメリカ　ぼくはまだ君に言っていない　ロシアからやって来たマックス叔父さんに
　君が何をしたかを。

ねえ　きみに言ってるんだよ。
きみは自分の感情生活を　タイム誌に委ねる気か？
ぼくはタイム誌にとり憑かれている。
毎週　タイムをぼくは読む。
角の売店の前をこっそり通るたび　タイムの表紙がぼくを睨みつける。
ぼくはそれを　バークリー公共図書館の地下で読む。
タイムはぼくにいつも　責任というものについて説く。ビジネスマンたちは真面目だ。
　映画プロデューサーたちは真面目だ。ぼく以外みんな真面目だ。
ふとぼくは思う　ぼくがアメリカなのだ。
ぼくはまた　ひとり言をしゃべっている。

アジアが　ぼくに対抗して勃興しつつある。
こいつはとんと　勝ち目がない。
国家の資源を　よく考えないと。
ぼくの国家資源は　マリワナ二本　数百万の生殖器　時速二二〇〇キロで飛ぶ出版不可能な個人的文学　そして二五〇〇〇の精神病院。
ぼくのもろもろの監獄については何も言うまい　五〇〇の太陽の下　ぼくの植木鉢のなかで暮らす　虐げられた数百万の人々についても。
ぼくはフランスの淫売宿を廃止した　次はタンジールだ。
ぼくの野心は　カトリック教徒でありながら大統領になること。

アメリカ　君の愚かしい気分のなか　どうやってぼくは聖なる祈りの言葉が書けるだろう?
ぼくはヘンリー・フォードみたいに続けよう　ぼくの詩一連一連がフォードの自動車

に劣らず個性的だ　いやもっとだ　性別がみんな違うのだから。
アメリカ　君に売ろう　一連二五〇〇ドルで　君の古い詩一連五〇〇ドルで下取り
アメリカ　トム・ムーニーを解放せよ
アメリカ　スペインの反フランコ派を救え
アメリカ　サッコとヴァンゼッティが死んではならない
アメリカ　ぼくはスコッツボロ・ボーイズだ。
アメリカ　七つのときにぼくはママに連れられて共産党の支部集会に行った　ひよこ豆ひとつかみがチケット一枚で買えて　チケットは一枚五セント　演説は無料　誰もが天使みたいで　労働者たちのことをセンチメンタルに想っていて　すべてが本当に真心からで　今では想像もつかない　一八三五年に党がいかに善きものだったか　スコット・ニアリングは堂々たる老人で　本物の人格者で　マザー・ブロアは見ていて涙が出てきた　一度はイディッシュ語の演説者イズリエル・アムターもじかに見た。誰もがスパイだったにちがいない。
アメリカ　戦争になんか行っちゃいけない。

アメリカ　ソ連の悪い奴らのせいなんだよねえ。
ソ連の奴ら　ソ連の奴らと中国の奴ら。それと　ソ連の奴ら。
ソ連はぼくたちを生きたまま食ってしまいたいと思ってる。ソ連は権力に狂ってる。
　ぼくらの自動車をぼくらの家のガレージから引きずり出したいと思ってる。
ソ連はシカゴをぶんどりたがってる。『赤軍リーダーズ・ダイジェスト』を求めてる。
シベリアに自動車工場を建てたがってる。奴らのばかでかい官僚機構が　ぼくたちのガソリンスタンドを経営して。
そいつぁまずい。ゲゲゲ。奴らインディアンに読み書きおしえる。奴らでかくて黒いニガー求めてる。ハ。ソ連ぼくらを一日十六時間働かせる。助けて。
アメリカ　これって真面目な話だよ。
アメリカ　ぼくテレビ覗いて　そういう印象受けるんだよ。
アメリカ　これって合ってる?
ここはぼくもさっさと取りかからないと。
本当だよ　ぼくは軍隊に入りたくないし　精密部品工場で旋盤を回すのも嫌だ　近視

だし　だいいちサイコパスだし。

アメリカ　ぼくだってゲイとして　精一杯がんばってるんだぜ。

バークリー　一九五六年一月十七日

グレイハウンドの荷物室で

I

グレイハウンド発着所の奥で
荷物トラックに馬鹿っぽくすわって　空を見て　ロサンゼルス・エクスプレスが飛び
　立つのを待ち
夜の赤いダウンタウン天国の　郵便局の屋上の上に浮かぶ　永遠について気に病んで
眼鏡を通してじっと見ていると　ぼくは突然悟って身震いした　これらの思いは永遠
　ではないのだ、ぼくたちの人生の貧困でも、怒りっぽい荷物係でもないのだ、
しくしく泣いてバスを囲んで　さよならの手を振っている数百万の親戚でもないし、
都市から都市へ　愛する家族に会おうと駆けずり回る　その他数百万の貧しい者たち

　でもなく、
コカ・コーラ自動販売機のそばで　死ぬほど怯えて　巨体の警官と話しているインディアンでもなく、
人生最後の旅に出ている　杖を手に　ブルブル震えているそこのお婆さんでもなく、
二十五セントを集めて回り　潰れた荷物を笑顔で見下ろす　シニカルな赤帽でもなく、
恐ろしい夢を見回しているぼくでもなく、
素敵な長い手で　何千もの速達小包の運命をさばいているニグロの発送係　名はスペード　でもなく、
地下室で　鉛のトランクからトランクへ　足を引きひき歩く　おかまのサムでもなく、
神経衰弱を抱え　カウンターで客たちに卑屈な笑みを見せているジョーでもなく、
灰色っぽい緑の　鯨の腹みたいな　おそろしく見苦しい荷物棚に荷物が並ぶ屋根裏でもない、
悲劇が詰まった　何百というスーツケースが　開けられるのを待って　前後に揺れる、
あるいはまた　失われた荷物でもなく、　壊れたハンドルでも、　消えたネームプレート

でも、切れた針金やロープでも、コンクリートの床の上でぱっくり開いたスーツケースでもなく、
最後の倉庫で　夜に中身をぶちまけられたズックの袋でもない。

II

とはいえスペードを見てぼくは　エンジェルを思い出した　バスの荷を降ろすエンジェルを
青いオーバーオールを着て　黒い顔　エンジェルの制服たる労働者の帽子をかぶって、
黒い荷物が高く積まれた　巨大なブリキの馬を腹で押し、
屋根裏の黄色い電灯の前を通りがかって顔を上げ
鉄の羊飼いの杖を　片腕に高く掲げている。

III

荷物棚なのだ、とぼくは悟った、疲れた足を休めようと　いつもの昼休みどおり棚の

上にすわっている最中に、
荷物棚なのだ、大きな木の棚、太い柱細い柱、梁、それらが床から天井まで組まれて
荷物がごちゃごちゃ載っている、
——戦後日本製の白い金属のトランクは　ケバケバしい花柄　フォートブラッグへ向
かっている、
メキシコの緑の紙の小包は　紫の紐で縛られ　ノガレス行きの名前で飾られている、
ユリーカへ一度に何百と送られるスチームヒーター、
ハワイの下着の大きな箱が何箱も、
バージニア半島じゅうにばらまかれるポスター、サクラメントへのナッツ、
ナパへは人間の眼球一個、
ストックトン行きの　人間の血が入ったアルミの箱
そしてカリストーガに向かう　歯を入れた小さな赤いパッケージ——
荷物棚なのだ、そして荷物棚に載ったこれらの物たちなのだ、辞める前の夜に電球の
光でぼくがむきだしの姿を見たのは、

荷物棚はぼくたちの所有物を吊すよう作られた　ぼくたちをひとつにまとめるよう
　空間における一時的な方便として、
時間という　グラグラの建物を神が建てる　唯一の方法として、
街道へ送り出す荷物を預かり　ぼくたちの荷物を場所から場所へと運び、
バスを探す　ぼくたちを永遠へ連れ帰ってくれるバスを、心を置いてきた　さよなら
　の涙がはじまった永遠へ。

IV

荷物の群れがカウンターのそばに置かれ　大陸横断バスが入ってくる。
時計は午前0時15分を指している、いまは一九五六年五月九日、秒針が進んでいく
　赤い。
ぼくの最後のバスに荷を積む用意をする。――さよなら、ウォルナット・クリーク
　リッチモンド　ヴァレーオ　ポートランド　パシフィック・ハイウェイ
速足のメルクリウス、移動の神さま。

最後のひとつの小包が　真夜中にぽつんと　埃っぽい蛍光灯の高さの　沿岸向けの棚
　から突き出ている。

奴らが払う給料じゃ　とても暮らしていけない。数におとしめられた悲劇。
これは貧しい羊飼いたちに。ぼくは共産主義者だ。

さようならグレイハウンド　ぼくがひどく苦しんだ場、
膝を傷めて　手をすりむいて　胸筋はヴァギナみたいに大きくなった。

一九五六年五月九日

アスフォデル

ああ　愛しい　麗しい　薄紅の
　到達しえぬ欲望
……なんと悲しいことか、どうやっても
　変えられないとは　狂った
栽培されたアスフォデルを
　目に見える現実を……
そして肌は見るに堪えない
　花弁——何と素晴らしい

酔っ払ってリビングルームに
　裸で横たわり
電気もないところで
　夢を見るのは……
何度も何度も　アスフォデルの
　低い根を食べる、
灰色の運命……

　生成のただなかで転がる
花のカウチの上で
　アーデンの岸辺にいるごとく——
今夜　ぼくの唯一の薔薇は
　ぼく自身の裸身の歓待。

一九五三年秋

うた

世界の重さは
　愛である。
孤独が
　のしかかる下で、
不満の
　のしかかる下で
　その重さは、
ぼくたちが担う重さは
　愛である。

誰に否定できよう？
　夢のなか
それは触れる
　肉体に、
思いのなかで
　組み立てる
奇跡を、
　想像のなかで
苦悩する
　やがて　人間の
なかで生まれるまで――
心のなかから　外を見る
　純粋さに燃えて――

なぜなら　人生にのしかかるのは
　愛だから、

でもぼくたちは　重荷を
　疲れた思いで担う、
だから休まないといけない
愛の腕のなかで
　ようやく、
休まないといけない　愛の
　腕のなかで。

愛のない
　休みはなく、
愛の夢

　　のない
眠りもない――
　　狂っていようが　冷ややかに
天使や　機械に
　　取り憑かれていようが、
最後の願いは
　　愛だ
――恨めはしない、
　　拒めもしない、
与えずに済ませられもしない
　　もし拒まれても

重さが重すぎるのだ

——与えねばならない
いかなる見返りも
　思いとしては
与えられない
　孤独のなか
その輝かしい
　過剰のなか。

温かい肉体たちが
　ともに輝く
闇のなかで、
　手が動く
肉体の
　中心の方へ、

肌が
幸せに震え
魂は来る
目に喜ばしい姿で――

そう、そうなんだ、
ぼくはそれを
求めていたんだ、
いつも求めていた、
いつも求めていた、
自分が生まれた時点の
肉体に
戻ることを。

サンノゼ　一九五四年

野生の孤児

　おだやかに　母は
かれを散歩に連れていく
　鉄道のそば　川のそばに
——かれは　逃亡した
　オートバイ天使の息子——
そしてかれは　自動車を想像し
　夢のなかで乗り、

ひどくさびしく育つ　想像の
　自動車や　タリータウンの
死せる魂に囲まれて

　自らの想像力から
創り出す
　己の野生の祖先の
美しさを——相続しようもない
　神話を。

かれはやがて　神々を
　幻視するだろうか？　目覚めると
神秘に囲まれ
　回想の　狂気の輝きを
帯びているだろうか？

　その認識——

魂のなかの
　ごく稀な何か、
夢のなかでしか会えない
　　――別の人生を懐かしむ
ノスタルジー。

魂の問い。
　そして　無垢のなかで
かれらが
　　失った傷
――ペニス、十字架、
　　愛の麗しさ。

そして父は嘆く

安宿で
記憶の複雑さを
千マイル
先で、予期せざる
若々しい見知らぬ者が
物乞いしながら　かれのドアに
進んでくるのも知らずに。

ニューヨーク　一九五二年四月十三日

リアルの背後で

サンノゼの鉄道操車場
　ぼくは侘しい気持ちでさまよった
戦車工場の前で
　そしてベンチにすわった
転轍手の小屋のそばで。

干し草の上に花が一輪横たわっていた
　アスファルトのハイウェイで
——恐ろしいヘイフラワーか
　とぼくは思った——硬い
黒い茎があって

　黄色っぽい　汚い
キリストの　長さ一インチの
　茨みたいな花冠、それと
乾いた中心の綿の房
　使い古されて
ガレージの下に一年転がってた
　ひげ剃りブラシみたいな。

黄色い、黄色い花よ、そして
　勤労の花、
タフな　尖った　醜い花、
　それでも花は花、
きみの脳のなかでは　大いなる
　黄色い薔薇の姿！

これぞ世界の花なのだ。

サンノゼ　一九五四年

訳注

扉

「ネジ回しで　ドアから錠を外せ！……」　ギンズバーグの最大の影響源である十九世紀アメリカの詩人ウォルト・ホイットマンの「ぼく自身の歌」（一八五五）の一節。

この本を　以下の人たちに捧げる

ジャック・ケルアック　ウィリアム・スーアード・バロウズ　ニール・キャサディ　いずれもギンズバーグと並んでビート・ジェネレーションの中心人物。

『吠える』について

ウィリアム・カーロス・ウィリアムズ　ギンズバーグを大いに感化した先輩詩人（ウィリアムズは一八八三―一九六三、ギンズバーグは一九二六―一九九七）。ウィリアムズの代表的な長篇詩『パターソン』には、この序文へのギンズバーグの（やや屈折した）礼状が引用されている。

吠える

I

ヒップスター　現代ではある種渋めのお洒落を好む都会的な若者たちを指すが、当時はメインストリーム社会の価値観に強烈な違和感を抱く者たちを意味した。

ブレイクの光の悲劇を幻視し　ブレイクは十八世紀の幻視詩人ウィリアム・ブレイク。一九四八年七月、ギンズバーグはブレイクの詩の世界を幻視し、この体験がその後の詩作において大きな意味を持った。

ペヨーテ　幻覚剤メスカリンの材料となるサボテン科の植物。ギンズバーグはこの植物を使って幻覚剤製造の実験をくり返した。

ビックフォード　西四十二丁目にあった終夜営業のチェーンレストラン。このあと「吠える 脚注」に名が出てくるハーバート・ハンキは一時期ここにほぼ住んでいたという。

フガーツィ　グレニッチ・ヴィレッジにあった酒場。

プロティノス　ポー……　プロティノスは三世紀エジプトの哲学者、エドガー・アラン・ポーには「呪われた詩人」のイメージがあり、この行の固有名詞の羅列は全体として暗い神秘主義を喚起する。

ロスアラモス　ニューメキシコ州の、原子爆弾が開発された研究所で知られる地名。

NC　献辞にも出てくるニール・キャサディ。

デンヴァーへ旅し　デンヴァーで死んで……　「デンヴァーのアドニス」と先に形容されていたとおり、デンヴァーはニール・キャサディが育った街としてギンズバーグにとって特別な意味があった。

ピルグリムステート病院　ロックランド病院　グレーストーン病院　いずれも精神病院。ピルグリムステートはギンズバーグの母が最後に滞在した精神病院。ロックランドはこの詩の第三部でその名が使われるニューヨーク州の病院。グレーストーンはギンズバーグが幼いころ母が長いあいだ滞在していた。

省略法　カタログ技法……　「省略法」は序文も書いてくれた先輩詩人ウィリアムズを思わせ、「カタログ技法」はホイットマンの技法への言及。「揺らめく平面」はセザンヌの絵画技法を指すと言われる。

II

モレク　旧約聖書に現われる、フェニキア人が子供を人身御供にして祭った神。

III

カール・ソロモン！　ぼくはあなたとロックランドにいます　ギンズバーグは一九四

九年から五〇年にかけて数か月精神病院に入院し、そこでカール・ソロモンと出会った。ただし病院はロックランドではなくコロンビア長老派教会医療センターだった。

吠える 脚注

ピーター聖　ギンズバーグの長年の伴侶だったピーター・オーロフスキー（一九三三—二〇一〇）。

カリフォルニアのスーパーマーケット

ガルシア・ロルカ　スペインの詩人ガルシア・ロルカ（一八九八—一九三六）もホイットマンやギンズバーグと同じく同性愛詩人であり、またホイットマンを讃える詩も書いている。

オルガン曲を書き写す

HP　一九五〇年につかのまギンズバーグのガールフレンドだったヘレン・パーカー。

ひまわりスートラ

ひまわりスートラ　この詩はサンフランシスコの町外れをジャック・ケルアックと歩

いていて、汽車の煤で真っ黒に汚れたひまわりを見た衝撃が元になっているが、それとともに、ウィリアム・ブレイクの詩「ああ　ひまわり！」（『経験のうた』所収、一七九四／『MONKEY』14号に拙訳）も背後にあると思われる。「吠える」で触れた「ブレイク体験」に際し、ギンズバーグが読んでいたブレイクの詩何点かのひとつがこの「ああ　ひまわり！」だった。

フリスコ　サンフランシスコの俗称。

アメリカ

かつての労働組合　原文はWobblies、すなわち一九〇五年に結成された急進的な労働組合ＩＷＷ（世界産業労働者組合）の組合員たち。ＩＷＷは戦闘的な姿勢で多くの労働者の支持を得たが、一九二〇年代なかばに内部対立と政府の圧力から分裂、急速に衰退した。

マックス叔父さん　ギンズバーグの母方のおじで、ロシアから移民してきたユダヤ系の共産主義者マックス・リヴァギャント。

トム・ムーニー　爆弾事件の主謀者として死刑を宣告されたが、のち釈放された労働運動指導者（一八八二―一九四二）。

サッコとヴァンゼッティが死んではならない　世界中から抗議の声が上がったにもか

かわらず、無実の罪でこの二人の無政府主義者が処刑されたのは一九二七年。彼らの名誉が回復されたのは、この詩が書かれるよりあとの一九七七年。

スコッツボロ・ボーイズ　一九三一年、列車内で白人女性に暴行したとして死刑を宣告された九人の黒人青年。のち裁判の不当さが明らかになり、一九四六年、逃亡した一人を除き全員が釈放された。

スコット・ニアリング　一貫して急進主義・平和主義を貫いた経済学者（一八八三―一九八三）。一九五四年、妻ヘレンとの共著『リヴィング・ザ・グッド・ライフ』を刊行し、環境保護運動の先駆けに。

マザー・ブロア　共産主義の指導者（一八六二―一九五一）。

イズリエル・アムター　アメリカ共産党創設者の一人（一八八一―一九五四）。

訳者あとがき

アメリカの最重要詩人二人は、その詩行の長さにおいて対照的である。

これは世界に宛てたわたしの手紙
手紙をくれたことのない世界への－
自然が優しく壮厳に語った
簡単な知らせ

（エミリー・ディキンソン、無題、一八六三年。引用者訳、以下引用はすべて引用者訳）

アメリカがうたうのが聞こえる、いろんな喜びのうたをぼくは聞く、
職工のうた、一人ひとりがしっかり　あかるく　つよくうたっている、
大工は板や梁の寸法をとりながらうたい、
石工は仕事の支度をしながら、あるいは仕事を終えながらうたい、
船頭は舟の上で、水夫は汽船の甲板で、じぶんのものをうたい……

（ウォルト・ホイットマン「アメリカがうたうのが聞こえる」一八六〇）

片方は息が短く、一行の言葉はつねにしかるべく一行に収まっている（というか、余白もたっぷりある）。ひっそりとささやくような、呟くような、といっても今ふうにtweetするのではなくwhisperという感じのその声は、本当に宛先である世界に届くのか、どうか。

もう一方はもっとずっと息が長く、レイアウトによっては一行が一行で収まらないことも多く、「ぶら下がりインデント」が駆使されることになる。その声も、内容ど

おり、まさに朗々と「うたう」声である。

ウォルト・ホイットマン（一八一九―九二）にとって「ぼく自身の歌」から「アメリカがうたうのが聞こえる」に広がるのはごく自然なことだった。自分を語ることがそのままアメリカを語ることにつながるアメリカ的自我のおおらかさは、この詩人において誰よりもはっきりあらわれている。

一方エミリー・ディキンソン（一八三〇―八六）の、ちいさな声で語りつづける「わたし」は、あくまでちいさなわたしでありつづける。世界は一度も「手紙をくれたこと」がないのだ。

ディキンソンの後継者が誰かというのは難問だが、ホイットマンの最大の後継者がアレン・ギンズバーグ（一九二六―九七）であることは多くの人が同意するだろう。「ぶら下がりインデント」多用度はおそらくホイットマン以上である――

ぼくは見た　ぼくの世代の最良の精神たちが　狂気に破壊されたのを　飢えてヒ
　ステリーで裸で、

わが身を引きずり　ニグロの街並を夜明けに抜けて　怒りの麻薬を探し、
天使の頭をしたヒップスターたちが　夜の機械のなか　星のダイナモへの　いにしえの天なる繋がりに焦がれ……

（アレン・ギンズバーグ「吠える」一九五五—五六）

むろん、時代が違えば歌の中身は違ってくる。南北戦争という、アメリカ最初の集団的トラウマ体験が起きる前にうたいはじめたホイットマンは、いまだアメリカの未来について明るく予言することができた。対して一九五〇年代の息苦しい保守的な空気のなかでうたいはじめたギンズバーグは、アメリカの理想に裏切られ傷つけられ潰された人たちのことをうたうほかなかった。その一番有名な歌が、「吠える」と題されたのも驚くにはあたらない。

＊

「吠える」は一九五五年八月にサンフランシスコで書かれた。すでにこの詩がアメリカでもっとも広く読まれる詩となっていた一九八六年、ギンズバーグは次のように回想している。「私には中古タイプライターがあり、安物のメモ用紙があった。私はタイプを打ちはじめた。改まった詩を書こうと思ってではなく、自分が想像のなかで感じるさまざまな共感を、それにどんな価値があるかなど考えもせずに、言葉にしてみようと思ったのだ。私の抱く愛は非実際的だったし、私の思考はいささか浮世離れしていたから、書いたところで何の得もない。自分にとってこの上なく親密だけれど、家族や公式教育やビジネスや現代文学から成る大きな世界にあっては何とも不様でしかないそれらの共感を、紙の上で享受する楽しみがあるだけだった」

その「共感」は、第三部でギンズバーグが直接語りかけるカール・ソロモンをはじめとする友人たち、母親、自分自身に向けられたものであり、「吠える」の詩行に並ぶさまざまな謎めいた言及も、多くは自分や知人の個人的体験に基づいていると思われる。だが、表では正しいアメリカ、強いアメリカが謳い上げられる五〇年代のアメリカにあって、その画一化への圧力に苦しむ個人的な情念の吐露は、多くの人びとの心の琴線に触れた。一九五五年十月七日、サンフランシスコの小さな会場で行われた若い無名の詩人五人による朗読会においてギンズバーグは「吠える」の第一部を読み、聴衆は電撃的に反応した。そのなかの一人だった先輩詩人ローレンス・ファーリンゲッティがこの詩を出版したいと申し出て、一九五六年十一月一日、ファーリンゲッティの経営するシティ・ライツ・ブックスから『吠える　その他の詩』が刊行された。「ザ・ポケット・ポエッツ・シリーズ」の第四巻として刊行された小さな、本というより小冊子に近い刊行物の初刷り部数は千部だった。

一九五七年六月、シティ・ライツ・ブックスの店員シゲヨシ（シグ）・ムラオが猥褻文書を販売した廉《かど》で逮捕され、じきに出版者ファーリンゲッティも逮捕されたが、裁判をめぐる報道は、むろん詩集にとっては最良のパブリシティだった。結局、作品の社会的重要性が認められ、シティ・ライツは無罪を勝ちとった。

あとはまさに“the rest is history”——誰もが知るとおり、『吠える　その他の詩』はほかのいかなるアメリカ詩よりもよく読まれた作品となり、ギンズバーグはアメリカ一の有名詩人となって、彼とその友人たちは「ビート・ジェネレーション」という集団的呼称の下、多くの人々にもてはやされ、同じくらい多くの人々の顰蹙《ひんしゅく》を買い、いずれにせよ文学史の一ページ（もしくはそれ以上）に名を残した。初版千部だった小冊子は、これまでに百万部以上売れている。

＊

表題作「吠える」以外の詩もそれぞれに印象的であり、つい最近までは息の短い詩を書いていて（巻末に収めた「初期詩選」はそのサンプルである）いまだ「ギンズバーグ節」を見出していなかった若き詩人が、発見したばかりの声で次々新しい世界を拓いていく勢いとみずみずしさを感じとることができる。「カリフォルニアのスーパーマーケット」「グレイハウンドの荷物室で」などは個人的にもとりわけ好きな作品である。

作者の自解を紹介することは、読者の読みを限定しかねないのでふだんはあまりやらないのだが、今回は小説ではなく詩であり、また書かれてからすでに半世紀以上の時が経っていることも考えると、最低限の補助線があってもいいと思うので、ギンズバーグが一九五六年五月、詩集の刊行以前に、当時サンフランシスコの詩のシーンについて記事を書こうとしていた人物に宛てて書いた長い書簡の「まとめ」を部分的に紹介しておく。

『吠える』は神、セックス、ドラッグ、不条理等々の個人的経験の肯定です。第一部は個々の事例を共感とともに語ります。第二部は個人的経験を混乱させ抑圧し、個人が己のもっとも深い感覚を捨てなければ自分は狂っているのだと考えるよう強いる、社会のモレクを描写し、否定します。第三部は目下精神病院に入っているC・S〔カール・ソロモン〕への共感と一体化の表現です。彼の狂気は基本的にはモレクに対する反抗であり、ぼくは彼とともにあり、連帯の手を差し伸べていると述べています。

(……)

これを虚無的な反抗と呼ぶのはまったくの誤解です。この詩の力は、肯定的な、宗教的な信条と経験から出ているのです。それは社会学的な意味では何ら『建設的』なプログラムを差し出していません(いかなる詩もそんなことはできません)。でも建設的な人間的価値を、経験を差し出してはいます——それなしではいかなる社会も存在できない、神秘的体験の啓示を」

『カリフォルニアのスーパーマーケット』はウォルト・ホイットマンを描いています。(……)彼はアメリカで初めて、自分の個人性を認識し、自分自身を許し、受け容れ、その認識と受容をそのまますべての人に広げて、まさにそのようなものとして民主主義を定義する、そういう行動を起こした初めての偉大なアメリカ詩人でした。

(……)

自分を受け容れることなしには、他の魂を受け容れることもありえません」

「『ひまわりスートラ』は現代における、結晶化された『劇的な』自己受容の瞬間です。『聖ならざるボコボコの代物だったのだよ　きみは、ぼくのひまわりよ　おおぼくの魂、あのときぼくはきみを愛した！』」

「『アメリカ』は体系に囚われず、いささか陽気《ゲイ》にぼく自身の個人的感情を述べています。その感情は世の公式の教義《ドグマ》とは反していますが、ここで述べている事柄に関する個人的意見としては実のところかなり普遍的なものだと思います。その唱えるところは、『ぼくはこのような人間でありゆえにこうする権利があるのだ、だからぼくはみんなに聞こえるようそれを大声で言うのだ』」

(Allen Ginsberg to Richard Eberhart, May 18, 1956)

その他の主要作品について簡単に触れれば、「吠える 脚注」は、「吠える」の肯定性をギンズバーグが強調していることを考えるとその重要性もいっそうはっきりしてくる。第二部でのモレク呪詛が、ここでは世界の全肯定に反転する。ギンズバーグはこの詩を、サンフランシスコでバスに乗っている最中に泣きながら書いた。

「オルガン曲を書き写す」と訳した詩の原題は“Transcription of Organ Music”であり、“Organ Music”は「器官の音楽」とも取れる。つまり、肉体が世界に呼応して示すさまざまな反応（事実、富山英俊さんの訳題は「器官の音楽の転写」である）。それも大いに一理あると思うが、ジャズのサキソフォンをイメージして書かれた「吠える」の絶叫と較べると、まさにオルガンの音楽のような静謐さが感じられることを重視して、このような訳題とした。

「グレイハウンドの荷物室で」は、ギンズバーグ自身がサンフランシスコのグレイハウンド・バスの発着所で働いた経験が反映されている。代表作と見られてはいないようだが、出会った人や物を愛情とユーモアを込めて回想する、これはこれで愛すべき詩だと思う。

「吠える」をはじめギンズバーグ作品には諏訪優さんの既訳があり、学生のころから折に触れて眺めてきたので、今回の訳出にあたって参考にさせていただいた、と述べるまでもなく、僕の体内にしみ込んでいると思う。この場を借りて先達の業績をたたえる。

表題作「吠える」拙訳は『SWITCH』二〇一九年九月号に掲載した。

このあとがきの冒頭部分は、『新潮』二〇一六年六月号に、村上春樹さんと一緒にギンズバーグの詩五篇の翻訳を発表した際に書いた解説「アレン・ギンズバーグ、五篇の詩について」を組み込んでいる。なおこの号の『新潮』には、村上訳「『吠える』への脚注」「ひまわりスートラ」が（加えて、この詩集には入っていない「ウィチタ渦巻きスートラ」の抄訳も）載っている。

今回の単行本化にあたっては、編集の槙野友人《ともひと》さん、校正の阿部真吾さんにお世話になった。お二人のサポートに感謝する。

アレン・ギンズバーグの詩は、うたであり、叫びであり、吠え声である。その熱さは時を超えて生きつづける。この翻訳で、その熱さが大きく失われることなく伝わりますように。

二〇二〇年五月

柴田元幸

HOWL AND OTHER POEMS
ALLEN GINSBERG

吠える　その他の詩

2020年6月30日　第1刷発行
2023年6月15日　第2刷発行

著者
アレン・ギンズバーグ

訳者
柴田元幸

発行者
新井敏記

発行所
株式会社スイッチ・パブリッシング
〒106-0031 東京都港区西麻布 2-21-28
電話 03-5485-2100（代表）
http://www.switch-pub.co.jp

印刷・製本
株式会社シナノ パブリッシング プレス

本書へのご感想は、info@switch-pub.co.jp にお寄せください。

ISBN 978-4-88418-538-1　C0098
Printed in Japan